琼崖战时歌谣

海口市革命烈士纪念物管理所　编

蔡明康　蔡　俏　整理

海南出版社

·海口·

图书在版编目（CIP）数据

琼崖战时歌谣 / 海口市革命烈士纪念物管理所编；蔡明康，蔡俏整理. -- 海口 ：海南出版社，2024. 11.
ISBN 978-7-5730-1906-6

Ⅰ. I276.266

中国国家版本馆CIP数据核字第2024AM2478号

琼崖战时歌谣

QIONGYA ZHANSHI GEYAO

编　　者：海口市革命烈士纪念物管理所
整　　理：蔡明康　蔡　俏
书名题写：刘仕俊
摄　　影：廖湘江　陈文隽
插　　图：田素英
策划编辑：白　多
责任编辑：周梦旎
美术设计：梁其文
内文排版：卢雅彬
印刷装订：深圳市国际彩印有限公司

海南出版社　出版发行

地　　址：海口市金盘开发区建设三横路2号
邮　　编：570216
电　　话：0898-66816923
经　　销：全国新华书店
开　　本：787 mm × 1 096 mm　1/32
版　　次：2024年11月第1版
印　　次：2024年11月第1次印刷
印　　张：6
字　　数：81千字
书　　号：ISBN 978-7-5730-1906-6
定　　价：46.00元

本书整理者蔡明康（右一）、蔡俏（左一）合影

蔡明康

海南乐东人，中共党员，中国作家协会会员、三亚市作家协会名誉主席。1962年毕业于中文专业，曾任三亚市文化局局长、三亚市文联主席。出版有诗歌集《天涯吟草》、散文集《斑竹横吹》《三亚民间书契寻真》《三亚史物今存》《崖州人事》等。1999年，获海南省作家协会颁发的“文学开拓者十佳”荣誉证书。

蔡　俏

海南乐东人，中共党员，海口市退役军人事务局局长。1992年毕业于大学旅游专业，曾就职于海口市旅游局、会展局、商务局，深耕文旅工作30余年。

琼崖工农红军云龙改编旧址

位于海口市琼山区云龙镇榆南路9号。这里见证了抗日民族统一战线政策在琼崖的胜利，是重要的抗战纪念设施遗址，是国家级爱国主义教育基地、国防教育示范基地、青少年革命传统教育基地。 2019年10月，被国务院公布为第八批全国重点文物保护单位。

李硕勋烈士纪念亭

位于海口市琼山区勋亭路 39 号，建于 1986 年，是全国重点烈士纪念建筑物保护单位，全国首批 100 家爱国主义教育基地，也是中共中央宣传部、中央文明办资助修缮的爱国主义教育基地和海南省青少年革命传统教育基地。

解放海南岛战役烈士陵园

位于海口市龙华区海秀中路 102 号金牛岭公园内。1957 年，为纪念长期坚持琼岛革命斗争和英勇渡海作战中牺牲的烈士而建。陵园的建造，表达了海南人民对革命烈士的无比崇敬之情和永久纪念之意义。

冯白驹故居

位于海口市琼山区云龙镇长泰村，建于1922年，由其父冯运熙建造。这里是海南省文物保护单位、海南省爱国主义教育基地、海南省党史教育基地。

海南革命烈士纪念碑

位于海口市龙华区人民公园内。建于 1954 年 4 月，为纪念坚持琼崖革命斗争和英勇渡海作战而牺牲的 2 万多名烈士而建。纪念碑碑身正面刻有“革命烈士永垂不朽”8 个大字，基座正面及碑身背面刻有朱德同志的题词：“长期坚持琼岛革命斗争和英勇渡海作战而牺牲的同志们！你们是中华民族最优秀的儿女。你们的英雄行为，对解放琼岛和全中国起了不可磨灭的作用。烈士们的功绩永垂不朽！”

中共琼崖第一次代表大会旧址

位于海口市龙华区解放西路竹林里131号，兴建于1920年。这里在琼崖人民武装革命斗争史上具有划时代的意义，是革命传统教育和爱国主义教育的重要基地。2001年6月25日，被国务院公布为第五批全国重点文物保护单位。

梅山革命史馆

位于三亚市崖州区梅山中学内，2006年建成。梅山是崖县（今三亚市崖州区）抗日战争和解放战争时期的根据地，在革命战争年代，梅山有57位英雄儿女英勇献身。为了传承梅山人民的革命精神，教育和激励后人，三亚市人民政府在梅山修建“梅山革命史馆”。

红色娘子军纪念园

位于琼海市嘉积镇，建于2000年5月1日，是为纪念第二次国内革命战争时期诞生的“中国工农红军第二独立师第三团女子军特务连”而建造的红色纪念场所，是全国爱国主义教育基地、全国红色旅游经典景区。

周士第将军纪念馆

位于琼海市嘉积镇，始建于1995年。在纪念馆展厅里，展出周士第将军参加革命活动的照片、文献资料和文物600多件，形象、生动地反映了周士第将军的生平和历史功绩。

椰子寨战斗遗址

位于琼海市嘉积镇椰子寨村，是琼海市的文物保护单位。1927年9月23日，中共琼崖特委领导的琼崖讨逆革命军在这里打响了全琼武装总暴动的第一枪，揭开了琼崖“工农武装割据”局面的序幕，宣告了中国共产党领导的琼崖革命军队的诞生，成为琼崖“二十三年红旗不倒”历史的开端。这一遗址不仅是红色革命的根据地，更是椰子寨人民顽强抗争的见证。

张云逸纪念馆

位于文昌市文城镇文建路51号，1992年为纪念张云逸将军100周年诞辰而建。张云逸是中国人民解放军高级军事将领、大将、军事家。张云逸纪念馆是全国爱国主义教育示范基地、海南省党史教育基地。

南阳人民革命斗争纪念园

位于文昌市南阳村，始建于1953年，1989年迁建于现址。南阳是海南著名的革命根据地、抗战模范乡。在土地革命战争、抗日战争和解放战争时期，南阳人民浴血奋战、前仆后继，多位革命同志为民族独立和人民解放事业献出宝贵生命。

六连岭烈士陵园

位于万宁市的东北方，园里主要的纪念设施有六连岭革命烈士纪念碑、陈列馆、纪念亭、纪念林等。纪念碑高 14 米，是为纪念新民主主义革命时期牺牲的 2000 余位烈士而建。陈列馆通过文物、文字、图片等形式系统介绍了六连岭革命根据地创建、发展的光辉历史。六连岭烈士陵园现为全国重点烈士纪念建筑保护单位、全国爱国主义教育示范基地。

五指山革命根据地纪念园

位于五指山市毛阳镇毛贵村，以琼崖纵队司令部旧址为中心，建于2001年。这里是海南第一个以革命传统教育基地为主题，集观光、度假、黎苗族风情文化、休闲为一体的旅游胜地，国家AAAA级旅游景区，全国100个“红色旅游经典景区”之一。2022年3月22日，获“全省民族团结进步教育基地”称号。

海南解放公园

位于临高县北部海岸，距离临高县城 11 公里，始建于 1955 年。是为纪念解放海南渡海登陆战作战胜利而建，具有深厚的文化底蕴和重大的革命历史纪念意义，是海南红色旅游的重要景点和对青少年进行爱国主义教育的重要基地。

母瑞山革命根据地纪念园

位于定安县南部，1993年在原琼崖红军操场司令台遗址上兴建，园中央建有冯白驹将军和琼崖革命主要奠基人王文明两人的3.5米高的铜像。现为全国爱国主义教育示范基地、全国100个红色旅游经典景区之一。

陵水县苏维埃政府旧址

位于陵水黎族自治县椰林镇中山东路141号，始建于1921年。是琼崖第一个苏维埃政权的诞生地，见证了琼崖革命中的重要历史节点、苏维埃的光辉历史，留下那段曾接受过血与火洗礼的红色记忆。

白沙起义纪念园

位于琼中黎族苗族自治县红毛镇，兴建于1987年，是为纪念1943年8月12日以黎族首领王国兴为首的黎族、苗族人民反对国民党顽固派反动统治的白沙武装起义而建，是海南省爱国主义教育基地。

序

我的故乡乐东是崖州民歌的摇篮。

我在少年时代便受到了崖州民歌的熏陶，因此对它极为喜爱。

海南解放前夕，琼崖纵队邢谷梧等4名同志来到了我的老家罗马村，住在村代表周定光伯伯的家里，他们在这里动员广大青年应征入伍。当年在煤油灯下，邢谷梧给我们儿童团教唱的革命歌谣，至今我依然记忆犹新……

1954年9月，我牵着崖州歌谣的“衣角”出来“混饭”。1979年3月至1989年9月，这10年的时间里，我一直都在三亚市文化局主管着群众文化工作，因此，便有了更多的机会到民间去采风、看演出、听对唱，创造条件组织全市民歌大合唱，面对面地接触了更多的民间歌手、艺人。他们所唱的歌谣、歌曲，特别是有关琼崖革命时期的歌谣、歌曲，我都用心地做好记录，稍有空闲时，就去翻翻看看，一句一点头地欣赏，意犹未尽时更要哼哼地唱起来。

整理出版一册歌谣，是一件费心且又辛苦的工作，我已经是步入暮年了，眼睛有疾，谈何容易？因此，我就把这个活计托付给了我的小儿子蔡俏。

蔡俏尽心尽力，不厌其烦地进行整理，共收得歌谣词141首、谱12支。他终于编成了一本尚属不薄的书稿。为体现时代特色，书稿中收录的民歌，均保留原貌，不作修改。

书稿已齐，但书名尚在商量中。恰到好处，正值此时，我的女儿蔡葩因公务从海口回到三亚、回到自己的家里，我就趁便让她代劳，为此书稿命名，蔡葩即命书名：《琼崖战时歌谣》。如此而已。

蔡明康

2024年1月5日

于三亚

目录

歌唱英雄　缅怀先烈

送哥当红军　戴花作新郎

团结抗日　共赴国难

消灭日敌伪　解放全海南

热烈悲切 歌谱留声

拥护共产党　热爱苏维埃

贫人最爱苏维埃

（对唱）

我出谜语你来猜，
谁人最爱苏维埃，
谁人爱走乡公所①，
谁人想图国难财。

你出谜语我来猜，
贫人最爱苏维埃，
恶霸爱走乡公所，
汉奸想图国难财。

【注释】

①乡公所：国民党统治时期的基层权力机关。

山高变鸟飞过去

紧跟党走有决心，
不怕山高与水深，
山高变鸟飞过去，
水深变鱼到处寻。

一心紧跟共产党

一树不结两样果，
一藤不生两种瓜。
一心紧跟共产党，
团结坚强如磐盘。

花儿离藤花不开

树苗断根树就萎，
花儿离藤花不开。
贫人离开共产党，
哪有人民幸福门。

共产党来得身翻

太阳出来红灿灿，
共产党来得身翻，
千年铁树结了果，
贫人欢腾笑开颜。

共产党是日与月

黑夜要明靠月亮，
天空晴明靠阳光，
共产党是日与月，
他爱贫人胜爹娘。

苏维埃是好政府

海棠结籽一块块，
榨油送给苏维埃，
苏维埃是好政府，
幸福源泉他引来。

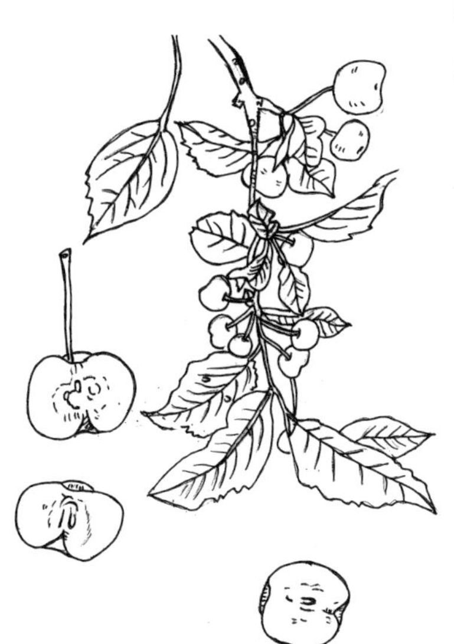

百姓思寻“山鸡田”

雁儿飞过声惨惨，
世上的人生两般，
恶霸生来识官府，
百姓思寻“山鸡田”[1]。

【注释】

①“山鸡田”：革命老区，今乐东黎族自治县辖。

党赐人民恩惠长

观音心肠虽说好，
怎比党的爱民歌，
观音要人去跪拜，
党赐人民恩惠长。

要想翻身跟党走

算命卜卦是祸害，
求鬼拜神更不该，
要想翻身跟党走，
“国贼”[1]铲除幸福来。

【注释】

①“国贼”：黎族人民对国民党反动派的蔑称。下同。

要挖苦根跟党走

黄连树苦苦在根，
百姓贫人苦在心，
要挖苦根跟党走，
幸福久长得太平。

敌人捉住保护党

心要坚定嘴要稳，
心坚才能当红军，
敌人捉住保护党，
斗争坚强在狱门①。

【注释】

①狱门：指地狱之门。

跟党白毛不回头

不学田蟹两头走，
不做戏台鼓乱操，
要做灯芯一条蕊，
跟党白毛不回头。

贫人最爱共产党

（男女问答）

男问：哪个月花开最香？
哪个月花开最红？
哪个人最爱共产党？
哪个党最爱贫人？

女答：五月里花开最香。
六月里花开最红。
贫人最爱共产党。
共产党最爱贫人。

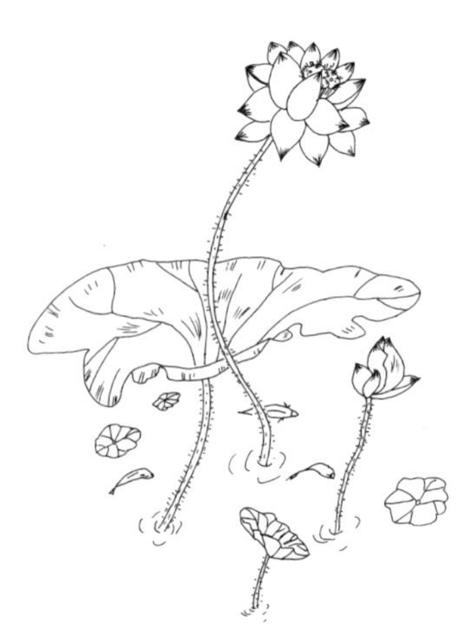

思念红军　参加红军

站在溪旁问溪水

五指溪水流向西，
红军不来心挂碍，
站在溪旁问溪水，
红军哪时才回来？

潮涨潮高浪滔滔

燕子飞来又去了，
潮涨潮高浪滔滔。
今年山栏酒又好，
红军不来嚐①一喉。

【注释】

①嚐：海南话，喝、品尝的意思。

红军不来人心闷

天上起云地昏昏，
红军不来人心闷，
恶霸疯狂闯官府，
贫人闷愁不出门。

隔几多时才回来

日头落西挂云彩，
鹧鸪鸟啼声哀哀。
红军[①]移营打日本，
隔几多时才回来？

【注释】

①红军：1938年12月，琼崖红军改编为琼崖抗日独立队，但是很多群众仍然称红军。

谁人最敬爱红军

（对唱）

什么花儿二月开？
谁人最敬爱红军？
村前红灯谁人挂？
谁把亲人迎进门？

木棉花儿二月开，
贫人最敬爱红军，
村前红灯农会挂，
俆[①]把亲人迎进门。

【注释】

①俆：海南话，咱们的意思。下同。

红军革命为大众

（对唱）

冬天百花都凋萎，
因何红梅花独开？
红白两军出中国，
单把红的迎进门？

白军就是“刮民党”[1]，
抢劫刀杀村村空，
红军革命为大众，
他是农民大恩人。

【注释】

①“刮民党”：海南话中“国民党”的意思，“刮”与“国”谐音。

红军恩情比海深

南海水深不算深，
红军恩情比海深，
南海水深有尺比，
红军爱民不胜情。

红军今夜来新村

喇叭嗒嗒阵阵吹，
红军今夜来新村，
汉奸听见心打跳，
百姓欢腾迎入门。

百姓翻身靠红军

瓜儿出芽靠土润，
百姓翻身靠红军，
红军来了世事变，
百姓欢腾笑满门。

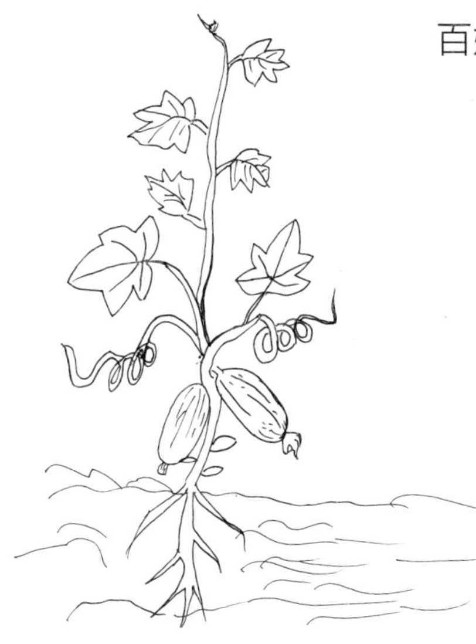

二气挑来海棠头

军粮装好天光了，
红军不来心早操，
一气挑到鹦哥岭①，
二气挑来海棠头②。

【注释】

①鹦哥岭：革命根据地，位于海南岛中南部。

②海棠头：革命根据地，位于三亚。

只想一名红军当

金山银岭都不想，
只想一名红军当，
红军英勇杀敌寇，
名声光荣天下扬。

智勇双全赛天兵

智勇双全赛天兵，
红军如神敌寇惊，
散张传单限期打，
屁滚尿流早移营。

红军巧扮似神兵

红军巧扮似神兵，
打入黄流关公庙①，
区长②轻狂穿错裤，
跪下哀求喊爹娘。

【注释】

①关公庙：国民党军驻地。

②区长：国民党反动派区长邱崖东，被解放军琼崖纵队抓捕时跪地哀求饶命。

翻身掌权得安和

贫人从前受苦辣，
好似哑巴吃苦瓜，
红军来了得解放，
翻身掌权得安和。

支前救国共生死

红军兄弟亲又亲，
红军贫人共一心，
支前救国共生死，
同打东瀛保太平。

红军美名扬各村

当兵就要当红军，
红军美名扬各村，
消灭土豪与恶霸，
又分田来又分园。

红军专杀林炳刚①

猎枪专门打豺狼，
红军专杀林炳刚，
豺狼最怕老猎手，
红军英勇“国贼”亡。

【注释】

①林炳刚：国民党军队团长。1949年12月至1950年3月，该团驻军在乐东九所、乐罗一带，有官兵320人。

红军不来人受苦

乌云翻翻不见天，
海水洋洋不见边。
红军不来侪受苦，
苦一日如苦一年。

富不知亲贫知亲

富不知亲贫知亲，
红军与贫人相亲，
亲似兄弟如足手，
紧密相连如牙唇。

喝酒猜拳享共和

昨夜做梦心里欢，
梦见红军回北山，
村村盖起新瓦屋，
喝酒猜拳享共和。

等到红军胜利回

地主田粮重千斤，
贫人苦长腰难伸，
等到红军胜利回，
消灭地主分田地。

也不吃烟不吃水

日头落岭红满坡，
红军帮伱开荒坡，
也不吃烟不吃水，
真是叫人挂心肠。

快与红军结一体

苦瓜生在苦藤上，
苦命的人勿怨命，
快与红军结一体，
苦根挖完心才凉[1]。

【注释】

①凉：舒服、舒畅。

歌声伴着红军跳

五指山上红旗飘，
红旗飘扬歌声高，
歌声伴着红军跳，
欢呼英雄立功劳。

转战琼崖斗志高

红军行动似风走，
转战琼崖斗志高，
围城打援显身手，
红军个个是英豪。

求签拜神问吉祥

红军远离人心慌，
眼泪常流望北方，
村里有个婆庙祖，
求签拜神问吉祥。

长官[1]夫人拼命逃

怕红军如鼠怕猫，
割须弃袍魂魄丢，
弃下军营残兵守，
长官夫人拼命逃。

【注释】

①长官：指国民党军官。

五指溪水扬扬波

五指溪水扬扬波，
红军兵营唱军歌，
唱出红军大发展，
唱出人民幸福长。

红军何时回相逢

木棉花开红彤彤，
红军别离无影踪，
山栏坡稻又熟了，
红军何时回相逢？

敌军投诚求通融

喇叭阵阵催冲锋，
红军奋勇齐进攻，
炮声轰轰打过去，
敌军投诚求通融。

跨脚过田跌一跤

想红军忘过田沟，
跨脚过田跌一跤，
血流满脚不知痛，
一心想红军回头。

一对眼仁都想麻

红军出征去广坝，
日落沉沉在岭脚，
盼望红军快些回，
一对眼仁都想麻。

送儿来当南战队[1]

送儿来当南战队，
为了救民打敌军，
求得消除敌军了，
清水当饭吃都肥。

【注释】

①南战队：指中共崖县县委领导的地方武装南进队（1947年10月—1950年5月）。

文武双全过五关

红军原是英雄汉，
文武双全过五关，
拿起枪来打日本，
驶起犁来会耕田。

朱毛功劳比天大

红军革命井冈山，
朱毛功劳比天大，
消灭“国贼”得幸福，
解放出来建共和。

儿当红军娘心欢

儿子就是娘的肝，
儿当红军娘心欢，
一条血衣交儿手，
报了冤仇心才和。

同挖壕沟同战斗

军民团结一家亲，
“国贼”铲除一条心，
同挖壕沟同战斗，
鱼水相沿结谊情。

弃兵饿饭偷番薯

乐府兵[1]软如豆腐，
坏县长肥似只猪，
红军不打他逃走，
弃兵饿饭偷番薯。

【注释】

①乐府兵：国民党乐东县政府的地方武装。

真似农民摘番薯

日兵睡死响呼呼，
红军摸营来抓猪，
大大小小入袋口，
真似农民摘番薯。

怕红军流一裤尿

怕红军流一裤尿，
长官大人早逃命，
脸白如纸魂魄散，
伪扮商人逃进城。

陈作森[1]连枪法高

扫水战斗打响了：
陈作森连枪法高，
当场打死黑县长[2]，
营长[3]二人命难逃。

【注释】

①陈作森：琼崖纵队连长，梅山（今三亚市崖州区）人。

②黑县长：国民党反动派少将、乐东县长韩云超，文昌人。

③营长：国民党军李挺英（营长）、林咸秀（副营长），在扫水伏击战斗中均被我军击毙。

作新①家璋②生虎胆

海棠园里住红军，
黑夜蒙蒙星昏昏，
作新家璋生虎胆，
容琼凤③连全歼毁。

【注释】

①作新：陈作新，乐罗村人，我军突击队排长。

②家璋：孙家璋，梅山人，我军突击队副排长。

③容琼凤：国民党军驻九所镇中队长，被我军当场击毙，并全歼其所属敌兵。

不缴械的砍断头

不怕日寇的大炮，
红军英勇去斩妖，
顽固敌人打他死，
不缴械的砍断头。

欢逢九所得解放

欢逢九所得解放，
歌声颂扬各地方，
炮仗放了几百担，
胜利红旗满天扬。

解放大军打九所

解放大军打九所，
贼兵乱如只鸡窝，
三生园[①]楼崩一角，
狗官轻狂钻下床。

【注释】

①三生园：敌人据点之一，在今乐东黎族自治县九所镇。

放尿拿糠首[1]垫底

红军冲锋号声响，
敌兵轻狂惊颤鬃，
放尿拿糠首垫底，
失魂丧魄似死人。

【注释】

①糠首：稻谷壳。

只吃一壶鹧鸪茶

喜鹊喳喳跳树架，
红军亲人来侬家，
帮侬砍柴又筑屋，
只吃一壶鹧鸪茶。

歌唱英雄　缅怀先烈

红军出个冯白驹[1]

世事不平红军起，
红军出个冯白驹，
英勇善战用兵巧，
日寇贼团举白旗。

【注释】

①冯白驹：琼山（今海口市琼山区）人，中共琼崖特委书记，琼崖纵队司令员兼政治委员。

指挥如神李振亚[1]

打败敌军如崩坝，
指挥如神李振亚，
以少胜多打据点，
以逸待劳破关卡。

【注释】

①李振亚：广西藤县人，琼崖纵队副司令员、参谋长。

吴克之[1]名响天上

横扫敌军如落叶，
吴克之名响天上，
亲带红军打九所，
又挥师来打感城。

【注释】

①吴克之：琼山人，琼崖纵队副司令员兼前线总指挥。

黎族出个王国兴①

白沙地灵多群英，
黎族出个王国兴，
领导黎民大起义，
威风凛然震全琼。

【注释】

①王国兴：琼中人，黎族人民领袖，1943 年领导白沙起义，反抗国民党的黑暗统治。

歌颂刘秋菊[1]同志

秋菊花开一丛丛，
不肯低头北风中，
情愿抱香枝头死，
劲骨耐寒最英雄。

【注释】

①刘秋菊：女，琼山人，战斗英雄，中共琼崖特委委员、妇女委员会书记。

琼崖青史留英名

牛漏一仗传哀声，
振亚[①]英雄倒地上，
万泉河都流泪汁，
琼崖青史留英名。

【注释】

①振亚：即李振亚烈士，在万宁县牛漏作战时，不幸被流弹所击中身亡。

巾帼英雄是王若[①]

王若她是女子兵，
冲锋上前杀贼兵[②]，
以身报国求解放，
献身光荣传美名。

【注释】

①王若：琼崖纵队的一名女战士，她是第三总队第一团团长张博飞的妻子，在西线王五作战中光荣牺牲。

②贼兵：国民党反动派士兵。

此地伤心泪常悲

此地伤心泪常悲，
忆君英名张传飞[1]，
九所歼敌献忠骨，
鲜花海棠共相陪。

【注释】

①张传飞：琼山人，在九所战斗中光荣牺牲，遗体安葬在十所村鲜花盛开的海棠园里。

笔者搜集、整理时有感于二位烈士之光荣、伟大故事，故写下了一副挽联，以为缅怀。联语曰：你红军，我红军，红军红军多荣耀；妻烈士，夫烈士，烈士烈士最英雄。

歌唱何绍尧[①]同志

青年早怀救国志，
组织农民读书诗，
民族垂危去报国，
碧血染红抗日旗。

【注释】

①何绍尧：崖县（今三亚市）保平人，中共党员。1925年，在家乡组织农民协会，办夜校发动农民学习文化。1941年，在水南村被捕，后在日军监狱中壮烈牺牲。

他有民族大义气

粉枪长矛对洋枪，
天祥[①]带头打日兵，
他有民族大义气，
抗日救亡留芳名。

【注释】

①天祥：唐天祥，黎族，乐东龙浩村人，1939年4月，带头领导黎族同胞伏击日军，打响黎族人民抗日第一枪。后被日军围困，拒不降敌，顽强战斗，被捕后壮烈牺牲。

甘嫂[1]为人好榜样

国难才知忠奸相，
甘嫂为人好榜样，
一心为党拼生死，
革命低潮不动摇。

【注释】

①甘嫂：本名陈亚婕，乐东望楼港人，革命烈士，是革命老宅主（老宅主：海南话，意思为长期支持革命的家庭）。

送哥当红军　戴花作新郎

戴花回来作新郎

哥当红军去抱告[1]，
妹在家门等候哥，
愿哥英雄多杀敌，
戴花回来作新郎。

【注释】

①抱告：村名，琼崖纵队活动的地方，今属乐东黎族自治县利国镇。

花烛洞房勿牵挂

花烛洞房勿牵挂，
抗日救亡责任大，
国难当头应报国，
国得安全家安和。

牛郎织女一年会

牛郎织女一年会，
七七天桥得相问，
哥你放心勿挂侬，
胜利回来会家门。

妹送红军哥回营

十五月儿亮又亮，
好似灯笼挂天上，
月亮有心千处照，
妹送红军哥回营。

我嫁情郎当红军

我嫁情郎叫庆春，
我嫁情郎当红军，
我嫁情郎带“羊腿”[1]，
恶霸土匪惊落魂。

【注释】

①“羊腿”：木匣子装着的驳壳枪，状似羊腿，故名。

妹挂肝来哥挂心

妹挂肝来哥挂心，
哥妹意情似海深，
妹送阿哥打老蒋，
胜利回来结朱陈。

人情难舍哥难丢

人情难舍哥难丢，
抗战救民情愿丢，
国家兴亡哥有责，
抗日救亡不相留。

我答来寻红军郎

也不插花不梳妆，
送篮菠萝过山坡，
屋里有人出问我，
我答来寻红军郎。

胜利回时买枕头

送哥送到大路口，
别意长长情难丢，
两地分离心相照，
胜利回时买枕头。

解放九所当枪手

我的情郎叫李敦，
意志坚强当红军，
解放九所当枪手，
冲锋在前打堡垒。

同当红军同发誓

同当红军同发誓，
同除害虫同过溪，
哥拿驳壳除恶霸，
妹用左轮打土匪。

送包清茶哥解凉

哥当红军在山岭，
阿妹时常挂心上，
送条毛巾擦汗水，
送包清茶哥解凉。

妹穿红裙过哥门

妹送阿哥当红军，
胜利回来才结婚，
早日打败反动派，
妹穿红裙过哥门。

妹想嫁个红军哥

青年后生满山坡，
妹想嫁个红军哥，
嫁个红军作伴侣，
妹妹心头甜似糖。

会打黑团[1]红军郎

军营唱起红军歌，
歌声赞扬满山坡，
会捉土豪南战队，
会打黑团红军郎。

【注释】

①黑团：地主反动武装。

侬送十程不相留

爹出大门儿心操，
怕爹外头人难刁，
红军阿哥去打仗，
侬送十程不相留。

妹送情郎过北溪

风吹竹叶尾接尾，
妹送情郎过北溪，
哥当红军听召唤，
作风军纪要整齐。

妹心挂怀哥心头

哥当红军大路走，
为国为民把心操，
应识妹心两头挂，
妹心挂怀哥心头。

年头望哥到年尾

红军驻营在抱板[1]，
哥又随团去封开[2]，
年头望哥到年尾，
求风托云送信来。

【注释】

①抱板：村名，位于乐东黎族自治县。

②封开：村名，位于东方市。

妹面鲜红似花园

哥当红军戴花回，
歌声铜锣迎入村，
红花胸前朵朵笑，
妹面鲜红似花园。

妹在后头欢送郎

月儿出来星稀疏，
妹送情郎过后坡，
郎去参军打日本，
妹在后头欢送郎。

有了红星心里暖

做番[1]被子绣个花，
五角红星面上画，
有了红星心里暖，
冬天盖来不怕寒。

【注释】

①番：床。

我郎今夜回到家

月公出在白水井，
我郎今夜回到家，
一个盒子[①]枕边放，
不怕黑团来查夜。

【注释】

①盒子：用木盒子装着的驳壳枪。

妹做军人模范妻

（对唱）

妹送阿哥去打仗，
哥要时时握紧枪，
枪枪打中贼肝胆，
赶走敌人出外洋。

哥你放心去打仗，
甚事担头妹身上，
一心勿做两头挂，
有妹关防[①]在家庭。

抗日救国去打仗，
誓杀敌人保家乡，
劳妹多关照爹娘，
阿哥安然上战场。

后方支前应记取，
妹做军人模范妻，
哥做英雄杀敌汉，
喜报送来贴门闾。

【注释】

①关防：方言，关照的意思。

做双军鞋穿脚上

哥当红军去抱夏，
做双军鞋穿脚上，
送个水壶哥盛水，
炒包米糖做干粮。

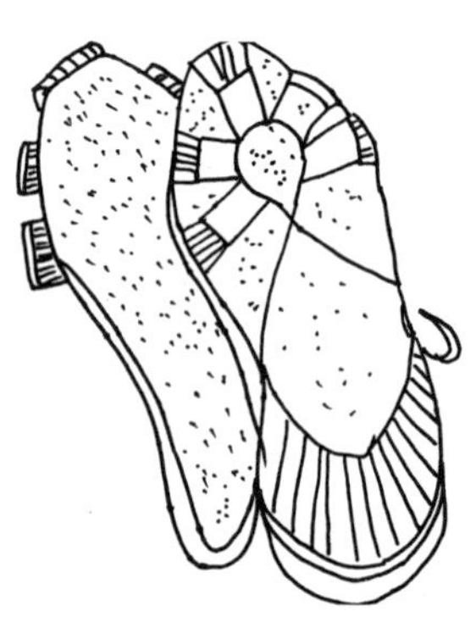

石榴花开去从戎

石榴花开满天红，
放下锄头去从戎。
一杯酒敬我爸爸，
我去当兵保国家；
二杯酒敬我娘娘，
我去当兵你莫想；
三杯酒敬我哥哥，
我去当兵你勿拖；
四杯酒敬我嫂嫂，
我去当兵妯娌好；
五杯酒敬我妹妹，
我去当兵陪嫂睡；
六杯酒敬我妻子，
我去当兵你莫啼。

团结抗日　共赴国难

快起来呀快起来①

隆隆隆，
隆隆隆，
日本鬼子炮声隆，
人民群众受迫害，
多少民房被烧坏，
多凄惨呀多伤怀！
为了生存求解放，
我们大家快起来。
参加革命上前线，
赶走日本鬼，
打倒反动派，
快起来呀快起来！

【注释】

①此歌在琼北等地区流传。

又给冯团[①]发奖旗

琼守司令叫王毅[②]，
嘉奖冯团发枪支，
子弹几千枪一百，
又给冯团发奖旗。

【注释】

①冯团：冯白驹领导的琼崖抗日独立队，主动突击日寇，战果辉煌。

②王毅：琼崖抗战初期任琼崖守备司令部司令。

抗日战旗满天扬

日军大败台儿庄[1]，
消息传扬各地方，
琼崖红军大振奋，
抗日战旗满天扬。

【注释】

①台儿庄，今属山东省枣庄市。1938年3月至4月，国民党名将李宗仁指挥抗日军民在这里消灭日军2万多人，威震中外，在我国抗日史上载入光辉的一页。

打死日军脚朝天

抗日军民威风起，
打死日军脚朝天，
新荣伏击报国耻，
叫江波沪[1]命休矣。

【注释】

①江波沪：日军小队长。1939年10月12日，被我抗日军民在今乐东黎族自治县的新荣村伏击，当场被击毙。

打响抗日第一枪[①]

坚持抗日的方向，
打响抗日第一枪，
南渡江边阻击战，
独立琼崖传美名。

【注释】

①琼崖独立队当时有300人，在队长冯白驹的领导下，在南渡江阻击日军，打响了琼崖抗日独立队抗日第一枪，因此名声大振。

贫人连心打日本

山上树木根连根，
天下贫人心连心，
贫人连心打日本，
中国才能得太平。

乌云遮天不长久

乌云遮天不长久，
白布放长也变旧，
日本鬼子虽凶恶，
红军也能把他除。

维护抗日大事体

有理有利与敌斗，
团结人民争进步，
维护抗日大事体，
打破敌顽的阴谋。

红军智勇灭东瀛

化整为零去打仗，[①]
避实就虚打日兵，
以分散打集中敌，
红军智勇灭东瀛。

【注释】

①化整为零，避实就虚，以分散打集中之敌，为毛主席的游击战术之一。

机智英勇战全琼

挺出外线去作战，[①]
内线坚持一条心，
运用毛泽东战术，
机智英勇战全琼。

【注释】

①1943年3月18日，为反击日军对琼崖抗日根据地的“蚕食”“扫荡”，中共琼崖特委制定了“坚持内战，挺出外线”的方针。

消灭日敌伪　解放全海南

反共四首子[1]画像

天上雷公，
地上杨开东，
打手李春农，
破坏抗日董伯然，
马屁曾令丰。

【注释】

①首子：海南方言，首领的意思。歌谣中四人分别担任过国民党琼崖守备副司令和广东省保六团、保七团团长等职。他们到处抢掠屠杀，为非作歹，对人民犯下了滔天罪行。

道公怎能招死魂

国民党兵大败退，
调去海南四六军，①
继派蔡劲军旅守，
道公怎能招死魂。

【注释】

①1946年11月，国民党在全国战场吃败仗，急调46军离琼，开赴山东前线，又派蔡劲军保安旅来岛打内战，梦想挽救残局。

乌鸦飞来作孝子

祸国殃民早好死，
歹兵狗来剥你尸，
乌鸦飞来作孝子，
蚨虻青蝇跟后啼。

林炳刚来包新村

淫如狗性恶如鬼，
林炳刚来包新村，
有姑娘的快上岭，
免得他来抄家门。

捉汤保芬[1]剪裤角

铜锣打起响当当，
捉保芬来剪裤角，
号召农民来控诉，
坚决铲除这害虫。

【注释】

①汤保芬：国民党反动派县长，贪官污吏，人民恨之入骨，因此群起剪其裤角以示处罚。

重兵包围乐罗村[1]

日寇恶毒不可忍，
重兵包围乐罗村，
一夜枪杀人二百，
鲜血染红满家门。

【注释】

①1939年3月，日军包围乐东县乐罗村，杀死群众200多人，造成骇人听闻的“乐罗惨案”。

几十人命埋下井[1]

几十人命埋下井，
日寇摧毁家到家，
木头园作飞机屋，
田套阔园全摧平。

【注释】

①1939年，日寇占领乐东县木头园村（今新荣村）建筑飞机屋，活埋该村无辜人民40多人在水井里。田套、阔园等村庄也被摧毁，建设军用飞机场。

人苦民穷因土豪

土豪不杀仇未了，
逼饷派粮把家抄，
命筋抽断人断气，
人苦民穷因土豪。

联合工农杀恶霸

日头落水星出了，
红军出营来包抄，
联合工农杀恶霸，
恶霸除完斩土豪。

跟着红军去清算

村里农会没有枪，
扁担锄头扛肩上，
跟着红军去清算，
打垮土豪分米粮。

财主孤零守家门

穷人翻身入农会，
农会声名扬各村，
国家大事农会管，
财主孤零守家门。

农会主持就分平

土改分田在扎巾，
布告通传到各家，
不用知县盖官印，
农会主持就分平。

分地分田打土豪

六连岭上红旗飘，
歌声日夜响通宵，
贫人翻身斗地主，
分地分田打土豪。

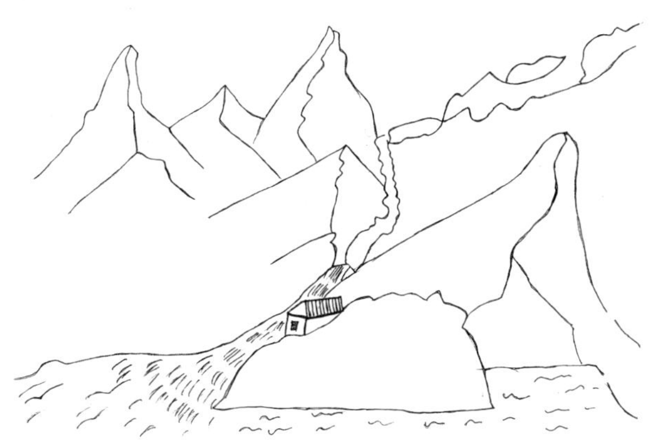

卖国殃民是汉奸

恶霸的心最凶残，
卖国殃民是汉奸，
跟着红军除凶恶，
血债原来以血还。

世代冤仇要清还

天上月儿照栏杆，
地下贫人把身翻，
贫人翻身掌大印，
世代冤仇要清还。

登陆白马井[①]

琼岛椰树东风吹，
哗啦欢唱战船归。
喜报先锋迎渡海，
心花怒放笑颜开。
新潮滚滚鱼跳水，
红日普照向日葵。

【注释】

①歌谣讲述了1950年3月5日晚上7点30分，解放军近800精兵在琼崖纵队司令部侦察科科长郭壮强的协助下，由雷州半岛灯楼角启航向海南儋州白马井进发的壮举。解放军成功登陆白马井，海南西部防线被成功撕开了一个缺口，国民党的防线在短时间内就都化成了灰，白马井上空飘起了鲜艳的五星红旗，琼岛春天就要来临了。

迎接渡琼大军来

军民同心做生产，
解放海南人心欢，
筹足军粮给政府，
迎接渡琼大军来。

抗日战歌《上前线》[1]忆录

咯咯机关枪呀！轰轰大炮响！
日本鬼子占领我家乡，真野蛮，
到处杀人又放火，女人被强奸。
要赶走日本子呀，顽军[2]不可信，
独立队[3]才是我们的救星，真勇敢，
坚决抗日打鬼子，到处爱人民。
要保卫我们的家乡呀!
青年要上前线，放下锄头拿刀枪。
上前线，
抗战才能有出路，苟安是灭亡。
前方要打胜仗，后方要多流汗，
同心合力坚持抗战，要团结，
军民结成一条心，胜利属我们。

【注释】

①《上前线》：这首抗日战歌于1939年至1944年曾在革命老区流行。

②顽军：指国民党顽固派军队。

③独立队：指中共琼崖特委领导的琼崖抗日独立队。

红旗红来红旗红

红旗红来红旗红，
红旗烈士血染红，
为了国家争独立，
离家保国别爹娘。

红旗红来红旗红，
红旗烈士血染红，
为了打败日本鬼，
誓死报国上前方。

红旗红来红旗红，
红旗烈士血染红，
为了国家的尊严，
英雄杀敌立战功。

誓把日寇来砍头

我丈夫呀，
我丈夫被日寇杀害了。
日本鬼子，
日本鬼子惨无人道呀，
杀害了。
我同胞呀，
我同胞团结心一条。
拿起斧头拿起山刀，
誓把日寇来砍头。

赶快筹粮打台湾①

我们中国共产党，
救国救民为主张，
为了全国的解放，
努力筹粮打台湾。
蒋匪帮，真无良，
蒋光头，害死人，
我们努力来生产，
赶快筹粮打台湾。

【注释】

①此歌谣于解放战争时期流行在崖县等地。

琼崖纵队之歌[①]

我们是琼崖纵队的战士，
我们是中国人民的武装；
高举着抗日救国的大旗，
奋勇杀敌顽，旋战五指山。
跟着共产党，目标正前方；
打败日本鬼，推翻国民党；
建立新中国，建设新海南。

【注释】

①此歌谣根据吴之、王昆先生口述整理。

琼崖抗日儿童团歌

我们是抗日儿童团，
年纪小，胆子大，
打鬼子，我不怕，
当向导，送情报，
站岗放哨保国家。

送郎上战场[1]

（节选）

女：侬送侬郎上战场，
嘱郎时刻握紧枪，
枪枪打倒狗豺狼，
胜利才还乡。
男：抗日救国上战场，
誓杀敌寇保家乡，
劳你关照爹和娘，
莫挂我路长。
女：为了国聚才分离，
不用挂家想妻子，
作战大胆心要细，
杀敌保自己。

男：句句叮嘱我牢记，
喜报红榜见高低，
你做军属模范妻，
我当英雄儿。
女：送郎远去回首望，
只见脚印排两行，
别情依依泪满眶，
似刀割肚肠。

【注释】

①此歌谣为海口民歌，原琼山县树德乡妇女抗日救国会主任周爱联（中共党员）曾传唱。歌者已于1943年英勇就义。

唱南阳[1]

三月四日六点零，
日本出兵攻南阳[2]；
游击队员黄有颜，
勇敢抵抗生命亡；
全体同志来祭葬，
血债誓要血来还。

我把南阳来歌唱，
坚持抗战模范乡；
抗日救亡一条心，
不当奴隶意志强。
日寇手段真野蛮，
乡村房屋全烧光；
日顽勾结两地杀，
全乡被杀千余人。
北风阵阵雨蒙蒙，
日本鬼子来进攻；
杀死妇女十多个，
龙湾溪水都染红。

北风阵阵雨丝丝，
鬼子搜山到溪边；
三位老妇投溪死，
宁死不屈传千年。
北风阵阵雨微微，
顽固军又来劫村；

盼望红军快开回，
收拾这多活阎王。
坚决抗日南阳人，
第一勇敢是李良③，
共产党领导有方，
南阳人民美名扬。

【注释】

①此歌谣为文昌民歌，讲述的是1940年3月4日早上6点，日军出兵攻占海南文昌县（今文昌市）的南阳，南阳乡的人民顽强抗战的故事。最勇敢的是抗日游击队队长李良，他在共产党的领导下，带领着南阳人民奋起抗战，保卫家园。

②南阳：文昌县南阳乡（今文昌市文城镇南阳村）。南阳是琼崖抗日模范乡，全乡3000多人，被敌人杀死近2000人，抗日志士黄有颜在抗战中光荣牺牲。

③李良：南阳人，抗日游击队队长。

革命摇篮母瑞山[①]

革命摇篮母瑞山，
三月断粮打不垮，
勺子刮锅沙沙响，
用刷锅水哄肚皮。

【注释】

①1932年，国民党重兵重重包围母瑞山，妄图在这里把红军斩尽杀绝，因此，双方在这里展开了激战。这首流传在琼东、乐会、万宁等地的民歌真实地反映了当年的情景。

天下最好父母军[①]

天上月公[②]十五光，
天下最好父母军[③]，
政府最好是公室[④]，
清算地主分田园。

【注释】

①此歌谣为黎族民歌。1947年，保亭、琼中、白沙三个县，已经被琼崖纵队解放，接着进行土地改革，黎胞翻身，喜气洋洋。这首民歌后传入乐东及崖县的黄流、九所一带。

②月公：天上的月亮。

③父母军：黎族同胞对琼崖纵队的称呼，有敬重之意。

④公室：琼崖临时人民政府。驻地在海南五指山区。

陵水人民控告旧社会[①]

乌云厚厚把天遮，
穷人租赁重如山，
年关三十又来到，
抱子哭啼心如麻。
乌云厚厚把天遮，
荒年卖仔去逃命，
求得清风来相助，
干柴烈火照路行。

【注释】

①此歌谣为陵水民歌。1928年1月，陵水县苏维埃政府领导人民进行土地改革，在陵城公园，召开群众大会，将田契、债约、账簿和刑具当众烧掉。群众狂喜，全场高呼：苏维埃政府好！苏维埃万岁！人民万岁！共产党万岁！

红军来了天下变[1]

红军来了天下变，
贫苦人民喜分田。
地主恶霸全赶走，
斧镰红旗映天红。

【注释】

①此歌谣为陵水民歌。

送来锄头与钩刀[①]

人民政府真是好，
送来锄头与钩刀，
救济米粮穷人吃，
光棍个个讨老婆。

【注释】

①此歌谣为黎族民歌，流行在琼中、白沙、保亭等地。

和俫人民同饱饿①

革命同志真是好，
与俫人民同饱饿，
打倒地主得翻身，
感念同志万年长。

【注释】

①此歌谣为黎族民歌，流行在保亭、琼中、白沙等地。

琼崖公学校歌[①]

从城市和村庄，
一切不同的方向，
汇合到这块温暖而新鲜的地方。
我们的意志受着锻炼，
我们的情绪受着鼓荡，
时刻在长进着是我们的理想，
学习、劳动、团结、紧张。
我们的身心都锻炼得坚强，
我们要跟着共产党，
走上人民解放的战场，
把建设新琼崖的责任放在自己的肩上。

【注释】

①此歌谣由吴乾鹏（琼崖公学第三任校长）作词。

抗日“四声”歌

一、机关声

咯！咯！咯！
机关声，
双七事变卢沟桥，
日本鬼，
真烂命，
疯狂占我宛平城。
强盗者，
兽日兵，
奸淫抢劫遍村乡，
惨无人性乱横行。

二、大炮声

轰！轰！轰！
大炮声，
日本攻打南京城。
刽子手，
倭寇兵，
杀死同胞放火烧，
三十万人头落地，
鲜血流成深江洋！
娘啼爹，
弟啼兄，
哭声震撼南京城！

三、飞机声

呜！呜！呜！
飞机声，
同胞们，
拿起枪，
保国土，
卫家乡，
全国军民心一条，
誓将日寇赶走回东洋。

四、欢笑声

哈！哈！哈！
欢笑声，
打败日本百万兵，
投降落入中国营，
我民族，
最欢喜，
收复领土同原样，
到今天，
值逢胜利庆祝日，
大家快乐喜洋洋！

热烈悲切　歌请留声

难女曲[①]

（海南方言）

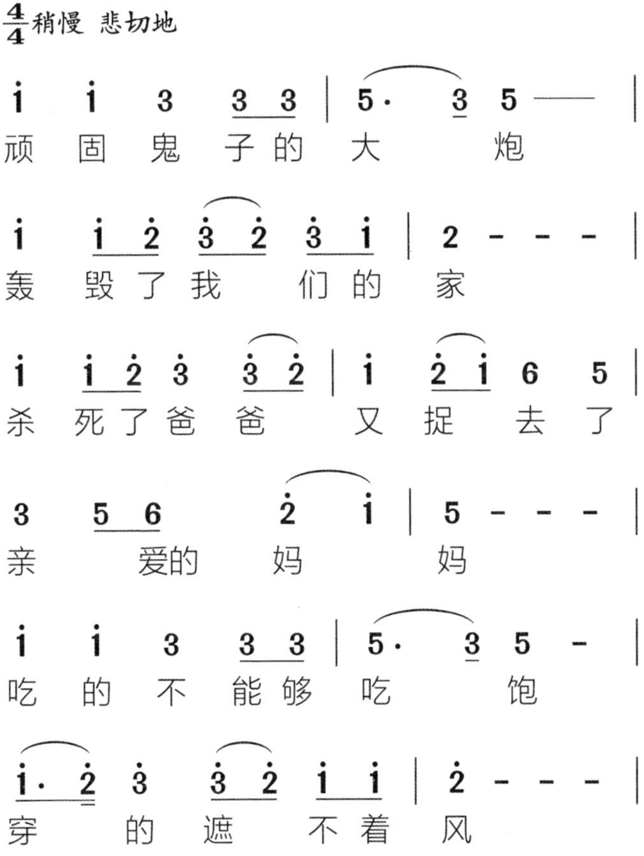

4/4 稍慢 悲切地

1̇ 1̇ 3 3 3 | 5· 3 5 — |
顽 固 鬼 子 的 大 炮

1̇ 1̇ 2̇ 3̇ 2̇ 3̇ 1̇ | 2 - - - |
轰 毁 了 我 们 的 家

1̇ 1̇ 2̇ 3̇ 3̇ 2̇ | 1̇ 2̇ 1̇ 6 5 |
杀 死 了 爸 爸 又 捉 去 了

3 5 6 2̇ 1̇ | 5 - - - |
亲 爱的 妈 妈

1̇ 1̇ 3 3 3 | 5· 3 5 - |
吃 的 不 能 够 吃 饱

1̇· 2̇ 3̇ 3̇ 2̇ 1̇ 1̇ | 2̇ - - - |
穿 的 遮 不 着 风

1̇ 1̇ 2̇ 3̇ 3̇ 2̇ | 1̇ 2̇ 1̇ 6 5 |
深 山 老 林里 住满了 我们

3 5 3 5 6 | 2̇· 1̇ 5 - |
这 群 可 怜的 难 民

1̇ 1̇ 1̇ 3 3 | 5· 3 5 - |
叫 爸 爸 也不 答 应

1̇ 2̇ 3̇ 3̇ 3̇ 1̇ | 2̇· 1̇ 2̇ - |
喊 妈 妈 也不 听 声

1̇ 1̇ 2̇ 3̇ 3̇ 2̇ | 1̇ 2̇ 1̇ 6 5 |
到 哪年哪 月 才 能 回 到

3 5 6 2̇ 1̇ | 5 - - - | 1̇ 1̇ 3 3̇ 3 |
自 己的老 家 啼 哭 有 什么

（快一倍坚定地）

5· 3 5 - | 1̇ 2̇ 3̇ 3̇ 2̇ 1̇ 1̇ | 2̇ - - - |
益 处 去参加 人民 军

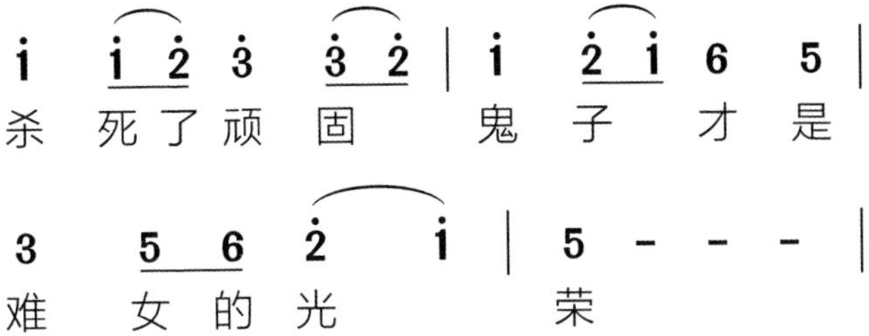

1̇ 1̇ 2̇ 3̇ 3̇ 2̇ | 1̇ 2̇ 1̇ 6 5 |
杀 死了顽 固 鬼 子 才 是

3 5 6 2̇ 1̇ | 5 - - - |
难 女 的光 荣

【注释】

①此曲原来仅有歌词没有歌谱。蔡明康在文化局服务时，根据流传在民间的音调、音色、音域去演唱，请作曲家林志龙先生补编的歌谱。下一曲《送夫上前线》情况相同。

送夫上前线

（海南方言）

$\frac{2}{4}$ 民歌风　深情地

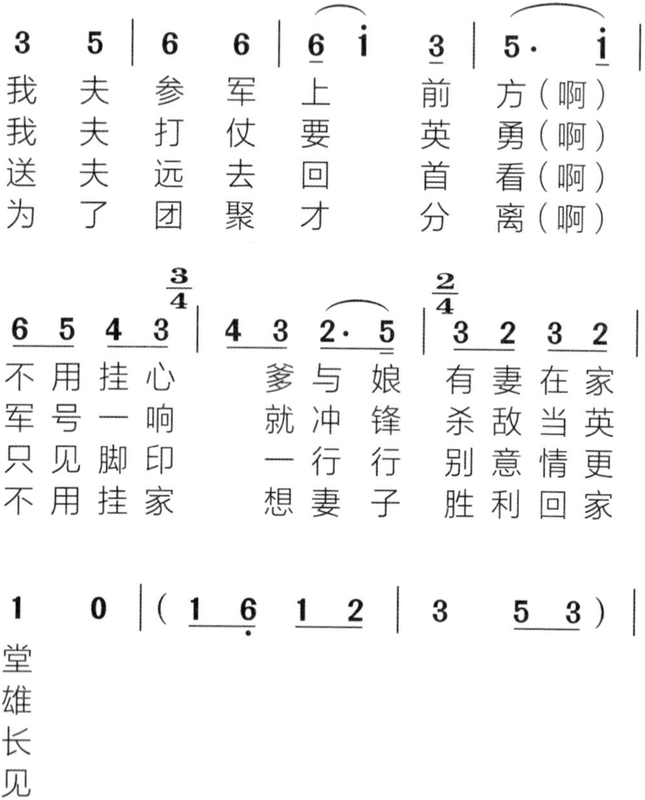

3 5 | 6 6 | 6 i 3 | 5· i |

我 夫 参 军 上 前 方（啊）
我 夫 打 仗 要 英 勇（啊）
送 夫 远 去 回 首 看（啊）
为 了 团 聚 才 分 离（啊）

6 5 4 3 | $\frac{3}{4}$ 4 3 2· 5 | $\frac{2}{4}$ 3 2 3 2 |

不用挂心 爹与娘 有妻在家
军号一响 就冲锋 杀敌当英
只见脚印 一行行 别意情更
不用挂家 想妻子 胜利回家

1 0 |（1 6 1 2 | 3 5 3）|

堂
雄
长
见

2 4	3 2	1	- ‖
妻 关	照 爹	娘	
全 家	得 光	荣	
如 刀	割 肚	肠	
当 模	范 夫	妻	

骂顽固

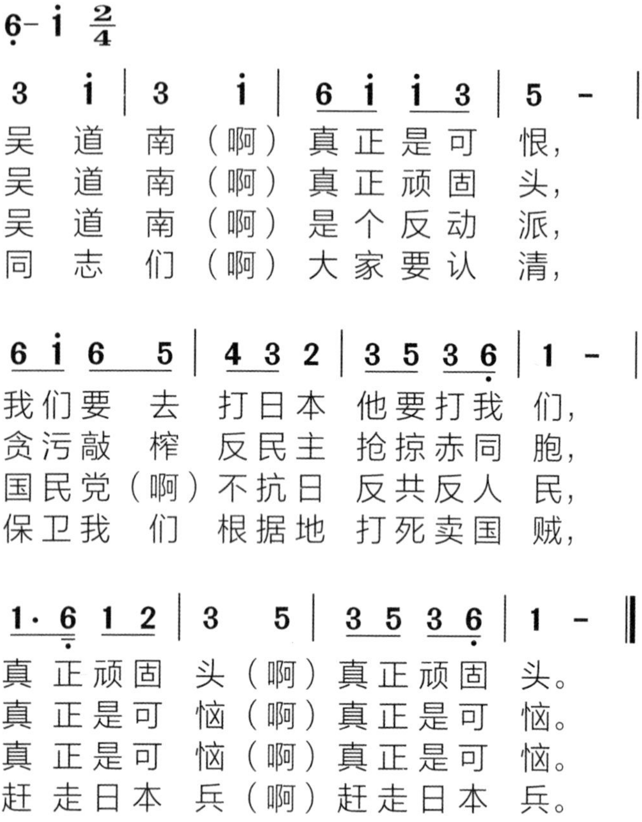

6̣－i̇ 2/4

3 i̇ | 3 i̇ | 6 i̇ i̇ 3 | 5 － |

吴 道 南（啊）真 正 是 可 恨，
吴 道 南（啊）真 正 顽 固 头，
吴 道 南（啊）是 个 反 动 派，
同 志 们（啊）大 家 要 认 清，

6 i̇ 6 5 | 4 3 2 | 3 5 3 6̣ | 1 － |

我们要 去 打日本 他要打我 们，
贪污敲 榨 反民主 抢掠赤同 胞，
国民党（啊）不抗日 反共反人 民，
保卫我 们 根据地 打死卖国 贼，

1· 6̣ 1 2 | 3 5 | 3 5 3 6̣ | 1 － ‖

真 正顽固 头（啊）真正顽固 头。
真 正是可 恼（啊）真正是可 恼。
真 正是可 恼（啊）真正是可 恼。
赶 走日本 兵（啊）赶走日本 兵。

牛娃恨①

1=♭B $\frac{2}{4}$

吴乾鹏 词曲

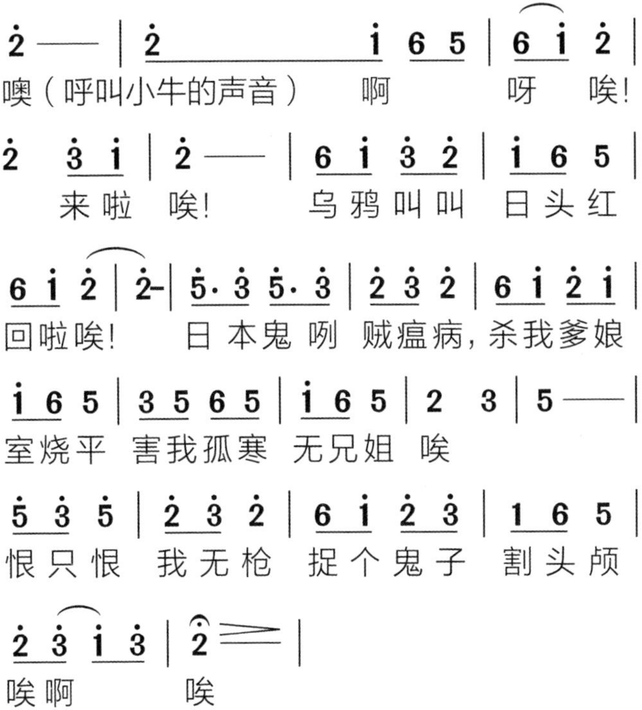

2 — | 2 1 6 5 | 6 1 2 |
噢（呼叫小牛的声音） 啊 呀 唉!

2 3 1 | 2 — | 6 1 3 2 | 1 6 5 |
来啦 唉! 乌鸦叫叫 日头红

6 1 2 | 2- | 5· 3 5· 3 | 2 3 2 | 6 1 2 1 |
回啦唉! 日本鬼咧 贼瘟病，杀我爹娘

1 6 5 | 3 5 6 5 | 1 6 5 | 2 3 | 5 — |
室烧平 害我孤寒 无兄姐 唉

5 3 5 | 2 3 2 | 6 1 2 3 | 1 6 5 |
恨只恨 我无枪 捉个鬼子 割头颅

2 3 1 3 | 2 |
唉啊 唉

【注释】

①此曲是1941年吴乾鹏任琼崖抗日独立纵队宣传科长时创作的，为歌剧《家乡进行曲》中的插曲，是文昌民歌，用海南话演唱。

复仇歌

5-3 $\frac{2}{4}$

3 32 1 1 | 3 3 2 | 1 16 5 5 | 5 6· 5 |

鹧鸪 啼啼 那边山，听鹧 鸪啼 泪连连，
鹧鸪 啼啼 鹧鸪闪，鹧鸪 啼尽 自已昏，
鹧鸪 啼啼 声接声，鹧鸪 啼啼 诱心宽，

1 16 2 | 2 21 6 5 | 1 6 2 |

恨只 恨 恨日本强盗 将父杀，
听呀 听 公路 旁边 枪声响，
望只 望 报父母仇恨 上前线，

626 5 5 | 5 6 5 |

母被 奸淫 命归天。
是独立队打 日本兵。
做花 木兰 第二名。

五指山上英雄多

（调声）

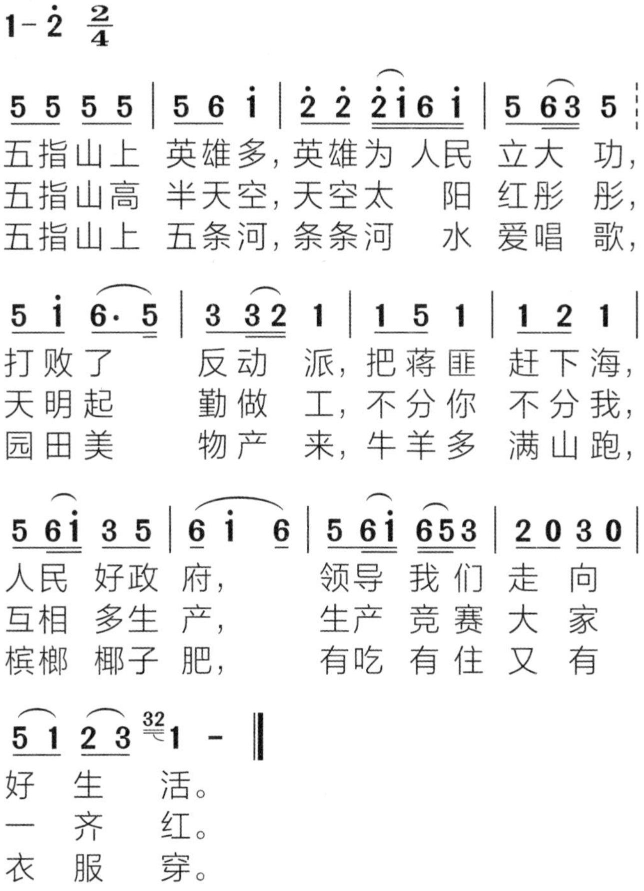

1=2̇ 2/4

5 5 5 5 | 5 6 i | 2̇ 2̇ 2̇i6 i | 5 63 5 ⁞
五指山上 英雄多，英雄为 人民 立大 功，
五指山高 半天空，天空太 阳 红彤 彤，
五指山上 五条河，条条河 水 爱唱 歌，

5 i 6· 5 | 3 32 1 | 1 5 1 | 1 2 1 |
打败了 反动 派，把蒋匪 赶下海，
天明起 勤做 工，不分你 不分我，
园田美 物产 来，牛羊多 满山跑，

5 6i 3 5 | 6 i 6 | 5 6i 653 | 2 0 3 0 |
人民 好政 府， 领导 我们 走 向
互相 多生 产， 生产 竞赛 大 家
槟榔 椰子 肥， 有吃 有住 又 有

5 1 2 3 ³²1 - ‖
好 生 活。
一 齐 红。
衣 服 穿。

建立苏维埃政府①

（海南话演唱）

1=C $\frac{2}{4}$

冯增敏　唱
王昆　记录

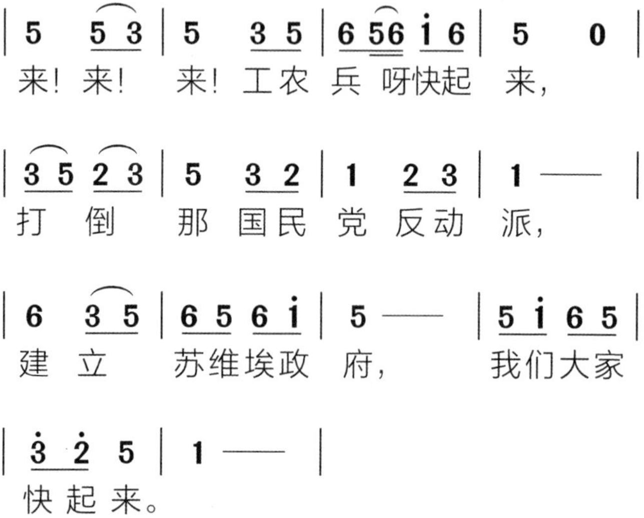

| 5 5 3 | 5 3 5 | 6 56 i 6 | 5 0 |
来！来！ 来！工农 兵 呀快起 来，

| 3 5 2 3 | 5 3 2 | 1 2 3 | 1 — |
打 倒 那 国民 党 反动 派，

| 6 3 5 | 6 5 6 i | 5 — | 5 i 6 5 |
建 立 苏维埃政 府， 我们大家

| 3 2 5 | 1 — |
快 起 来。

【注释】

①此歌于1930—1931年间在琼崖苏区广为流传。

谁是琼崖救护者

1＝C $\frac{4}{4}$

平凡　词曲

1̇ 5 3 5 3 5 1̇ | 5 3̇· 3̇ 2̇ - |
谁是琼崖救护者？是独立队[①]。

2̇· 2̇ 2̇ 2̇ 2̇ 2̇ 2̇ | 5 3̇· 2̇ 1̇ - |
谁是琼崖救护者？是独立队。

6 6 1̇ 1̇ 6 6 6 | 1· 6 6 6 5 - |
痛击日本鬼，保卫咱琼崖。

1̇ 5 3 5 3 5 1̇ | 5 3̇· 3̇ 2̇ - |
保卫琼崖救人民，是独立队。

2̇ 2̇ 2̇ 2̇ 2̇ 2̇ 2̇ | 5 3̇· 2̇ 1̇ - ‖
谁是琼崖救护者？是独立队。

【注释】

①独立队，是中共琼崖特委领导下抗日部队番号简称,也是中国人民解放军琼崖纵队的前身。

五更鼓

3/4

王昆　收集

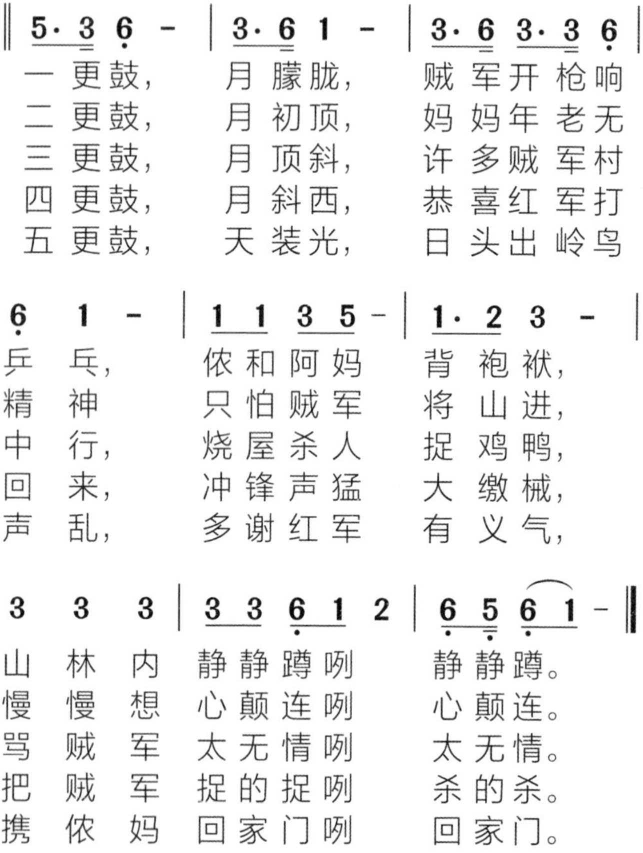

‖ 5· 3 6 – | 3· 6 1 – | 3· 6 3· 3 6 |

一 更鼓，　月 朦胧，　贼 军开 枪响
二 更鼓，　月 初顶，　妈 妈年 老无
三 更鼓，　月 顶斜，　许 多贼 军村
四 更鼓，　月 斜西，　恭 喜红 军打
五 更鼓，　天 装光，　日 头出 岭鸟

6 1 – | 1 1 3 5 – | 1· 2 3 – |

乒 乓，　侬和阿妈　背 袍袱，
精 神　只怕贼军　将 山进，
中 行，　烧屋杀人　捉 鸡鸭，
回 来，　冲锋声猛　大 缴械，
声 乱，　多谢红军　有 义气，

3 3 3 | 3 3 6 1 2 | 6 5 6 1 – ‖

山 林 内　静静蹲咧　静静蹲。
慢 慢 想　心颠连咧　心颠连。
骂 贼 军　太无情咧　太无情。
把 贼 军　捉的捉咧　杀的杀。
携 侬 妈　回家门咧　回家门。

战斗英雄江祥风①

4/4

王昆 收集

| 3· 5 6 1̇ 5 - | 3· 5 6 1̇ 5 - |

一 更 鼓 月 东 升
二 更 鼓 月 正 清
三 更 鼓 月 朦 胧
四 更 鼓 月 顶 斜
五 更 鼓 天 装 光

| 1̇ 1̇ 3̇ 2̇ 1̇ | 3 5 6 1̇ 5 - |

江 祥 凤 够 英 雄
蹑 入 敌 营 慢 慢 摸
战 斗 英 雄 江 祥 风
掌 握 战 机 立志 专 行
日 本 鬼 子 大 发 威

| 6 5 6 5 - | 6 5 6 1̇ 3 2 |

背 驳 壳 枪 潜 伏 蛇 行
鬼 子 贼 兵 睡 甜 觉
炸 了 敌 营 乒 乓 响
撩 倒 敌 兵 卧 血 中
叭 叭 机 枪 出 出 气

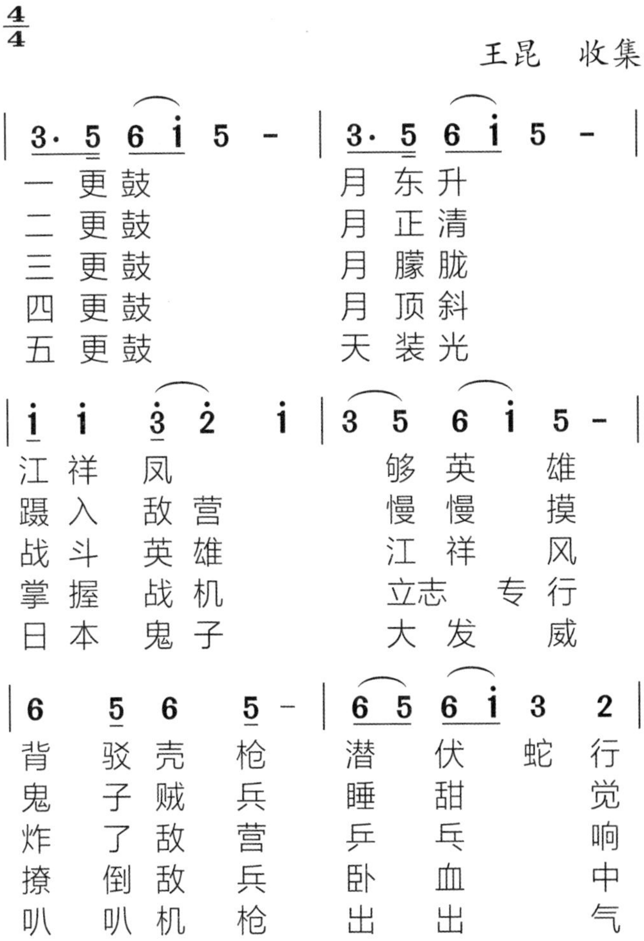

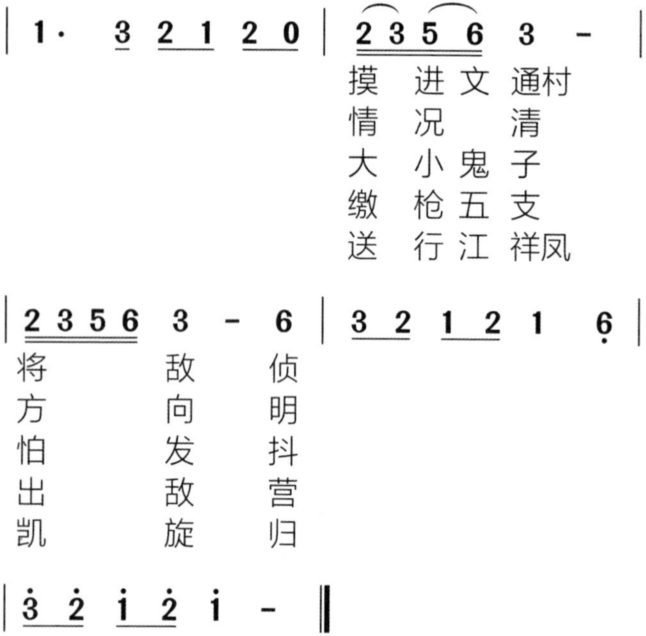

| 1· 3 2 1 2 0 | 2 3 5 6 3 - |

摸 进 文 通村
情 况 清
大 小 鬼 子
缴 枪 五 支
送 行 江 祥凤

| 2 3 5 6 3 - 6 | 3 2 1 2 1 6 |

将 敌 侦
方 向 明
怕 发 抖
出 敌 营
凯 旋 归

| 3 2 1 2 1 - ‖

【注释】

①江祥凤于1921年生在文昌县潭牛乡文通村（今文昌市潭牛镇文通村）。1941年5月1日在琼山县龙发乡青云村（今海口市琼山区甲子镇青云村）战斗中牺牲。

半个月解放全海南

1＝C $\frac{2}{4}$

陵水 民歌
文工团 填词

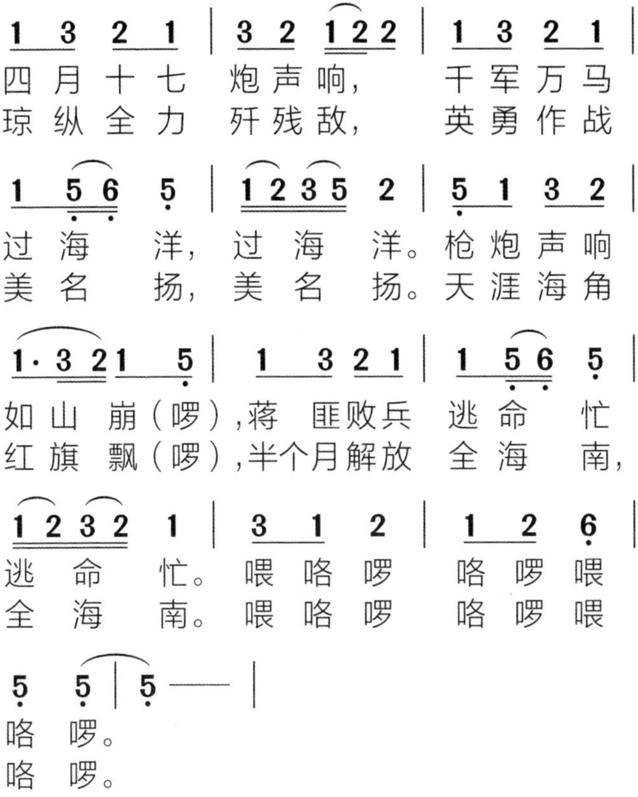

1 3 2 1 | 3 2 1 2 2 | 1 3 2 1 |
四月十七 炮声响， 千军万马
琼纵全力 歼残敌， 英勇作战

1 5 6 5 | 1 2 3 5 2 | 5 1 3 2 |
过海 洋，过 海 洋。枪炮声响
美名 扬，美 名 扬。天涯海角

1· 3 2 1 5 | 1 3 2 1 | 1 5 6 5 |
如山 崩（啰），蒋 匪败兵 逃命 忙
红旗 飘（啰），半个月解放 全海 南，

1 2 3 2 1 | 3 1 2 | 1 2 6 |
逃 命 忙。喂 咯 啰 咯 啰 喂
全 海 南。喂 咯 啰 咯 啰 喂

5 5 | 5 — |
咯 啰。
咯 啰。

崖州民歌主题歌

（海南方言演唱）

1=♭B $\frac{2}{4}$ 慢速 悠扬 自由地

蔡明康 词
林志龙 编曲

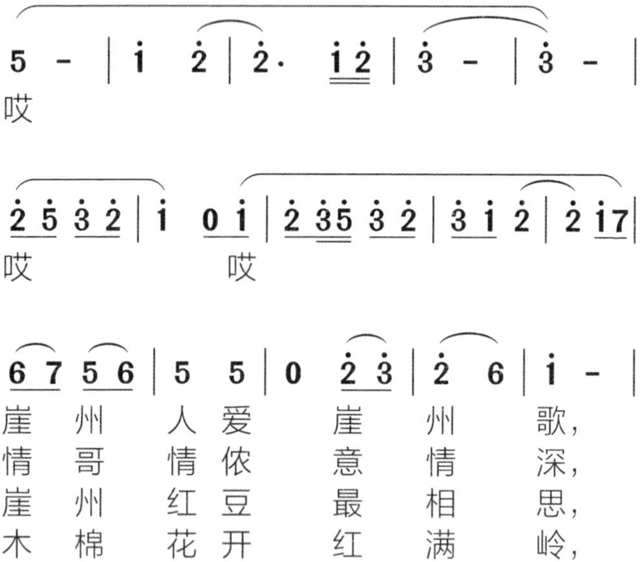

5 - | 1 2 | 2· 12 | 3 - | 3 - |
哎

2 5 3 2 | 1 0 1 | 2 35 3 2 | 3 1 2 | 2 17 |
哎 哎

6 7 5 6 | 5 5 | 0 2 3 | 2 6 | 1 - |
崖 州 人 爱 崖 州 歌，
情 哥 情 侬 意 情 深，
崖 州 红 豆 最 相 思，
木 棉 花 开 红 满 岭，

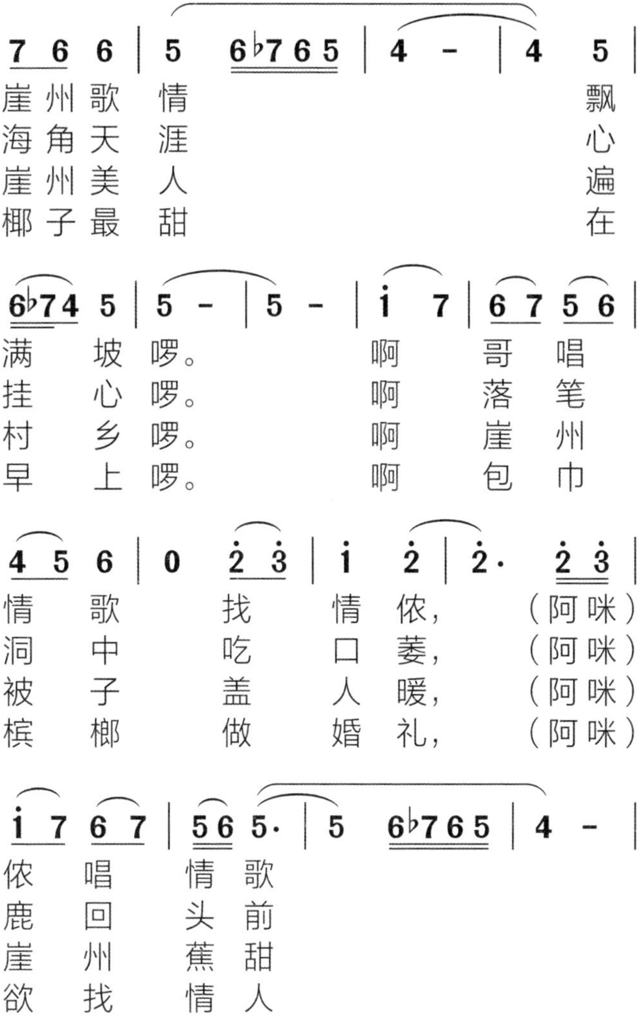

7 6 6 | 5 6♭7 6 5 | 4 - | 4 5 |

崖州歌情 飘
海角天涯 心
崖州美人 遍
椰子最甜 在

6♭7 4 5 | 5 - | 5 - | i 7 | 6 7 5 6 |

满坡啰。 啊哥唱
挂心啰。 啊落笔
村乡啰。 啊崖州
早上啰。 啊包巾

4 5 6 | 0 2 3 | i 2 | 2· 2 3 |

情歌找情侬，（阿咪）
洞中吃口萎，（阿咪）
被子盖人暖，（阿咪）
槟榔做婚礼，（阿咪）

i 7 6 7 | 5 6 5· | 5 6♭7 6 5 | 4 - |

侬唱情歌
鹿回头前
崖州蕉甜
欲找情人

5	♭7	6	5	|	6	4	5	|	5 (fermata)	-	‖
寻		情					郎。				
诉		衷					情。				
橘		又					凉。				
来		州					城。				

后　记

“到哪座山，就唱哪座山的山歌。”我到海口市退役军人事务局工作后，精心策划运用影像、口述录音的方式把琼崖革命时期的故事抢救保存下来。去年我局与海口广播电视台合作推出《我们的榜样》《口述历史——解放海南岛战役》等30期赓续琼崖革命红色基因的系列节目，获得社会各界的好评。之后，我在思考琼崖革命时期我党发起的群众革命路线，应该有一定数量的红色歌谣，特别是琼南地区，当时是革命的重要区域，群众基础好且民歌民谣盛行，百姓喜闻乐见。歌谣是我党发动群众闹革命的重要宣传手段，我们可以发掘整理加以弘扬。就这么寻思着跟老父亲聊起了这个想法，父亲笑嘻嘻地说，他在20世纪80年代就编辑过一本革命战争时期的红色歌谣《有了红星心里暖》。我如获至宝，拿来翻读，该小册子有一定的文史价值，它反映和印证了崖县地区（今三亚、乐东一带）一段光荣的革命历史，英雄的劳动人民为民族独立、新中国成立，用热血和生命在海南岛最南端谱写出壮丽的诗篇。读着它，让我们感受到当时的峥嵘岁月，妻子送夫、父母送儿，他们慷慨奔赴战场、抵抗外敌的情景跃然于纸上。

为扩大琼崖革命歌谣的收集面，通过父亲的不懈努力，又从家中收藏的旧资料、旧报纸里整理出海南全岛范围的歌谣。另外，我也从文史资料中再搜集到一部分整理补充。在全党号召学习中国共产党历史的背景下，我们从琼崖革命的峥嵘岁月中，拾起了一朵朵浪花，编成《琼崖战时歌谣》，向读者展示我党领导下的琼崖特委孤岛奋战“二十三年红旗不倒”的光辉历程。这些歌谣同时又体现了困难时期的琼崖百姓乐观向上、不屈不挠的革命精神以及大无畏的顽强斗志和必胜的信心决心。它是一首英雄进行曲，也是一部

战斗史诗。

本书总共收录歌谣词141首、谱12支，海南口语特色明显，乡土味十足，宣传效果好，易于传播。父亲作为海南民歌的研究者，从声韵、押韵上做了修改完善，因此收集整理成册出版也丰富了琼崖革命史料，留给后世代代赓续革命音谱，以慰先烈。

感谢海口市退役军人事务局的同事和海口市革命烈士纪念物管理所的王康勇、林艾茜、林子盼，以及退役军人廖湘江等同志同心同德艰辛校对。感谢中共海南省委党史研究室（海南省地方志办公室）陈立超同志的阅改。感谢你们为完成历史使命、宣扬革命精神所做的贡献。

愿《琼崖战时歌谣》的读者能够各有所得。

谢谢！

蔡　俏
2024年5月15日
于海口